Bertold Scherer
Verhängnisvoller Mut

AF286546

Bertold Scherer

Verhängnisvoller Mut

Kindheitserlebnisse im Dritten Reich

Bibliografische Information der Deutschen Bibliothek

Die Deutsche Bibliothek verzeichnet diese Publikation in der
Deutschen Nationalbibliografie; detaillierte bibliografische
Daten sind im Internet über http://dnb.ddb.de abrufbar.

© Juli 2006 – Bertold Scherer
Umschlaggestaltung und Redaktion:
Alexander Scheuermann
Herstellung und Verlag:
Books on Demand GmbH, Norderstedt
Printed in Germany

ISBN: 3-8334-6076-8

INHALTSVERZEICHNIS:

VORWORT

Wenn auch viele der heutigen Generation sagen, was geht mich heute noch der letzte Weltkrieg, das „Dritte Reich" oder gar die „Judenfrage" an, dann haben sie vielleicht nicht wahrgenommen, dass es eine Geschichte gibt, mit der wir alle in unserem Leben konfrontiert werden können. Sei es in der Schule, am Fernseher, oder gar in einem Unverständnis den Juden gegenüber. Da ist es gut, dass es noch Zeitzeugen gibt, die in anschaulicher Weise von und über diese Zeit damals berichten können. So soll dieses Büchlein ein lebendiges Zeugnis zu den Geschichtsbüchern sein, das selbst erlebte Geschichten enthält, die manchmal zum erstaunten Entsetzen führen können. –

Wir Deutsche haben nun einmal eine so schreckliche Vergangenheit, der man sich immer wieder stellen muss, um eben auch noch Generationen nach uns den bösen Frevel der Diktatur, die man meistens viel zu spät als solche erkennt, näher bringen zu können.

Lassen wir es uns berichten und auch erfahren von *einem*, der selbst in dieser Zeit und in diesem Reich wenig Gutes, aber viel Böses erlebt und erfahren hat. –

LAUSBUBENSTREICHE

Nun beginne ich einfach einmal über meine Kindheit zu erzählen, die so ganz anders verlaufen ist, als man sich eine unbeschwerte Kindheit vorstellt.

In den ersten Jahren meines Lebens war alles noch ziemlich „normal". Ich wuchs zunächst sehr wohlbehütet in meinem christlichen Elternhaus bei Karlsruhe auf. Meine Eltern versuchten mir *das* mitzugeben, was ein schönes und verständnisvolles Dasein ausmacht.

Ich war ein Junge, wie viele andere auch, spielte sehr gern Fußball und hatte manch schnöden Blödsinn im Kopf, den ich dann, oft mit meinen Freunden, in die Tat umsetzte. –

So nahm ich einmal zusammen mit anderen Kameraden unseren Ortspfarrer aufs Korn, indem wir sein Fahrrad, mit dem er überall aufkreuzte, völlig auseinander nahmen. Dies war während des Unterrichts bei ihm, wo wir uns plötzlich „schlecht" und „übel" fühlten, und er uns selbst an die frische Luft schickte. Schnell machten wir uns im Schulkeller an die Arbeit! Was war das für eine Gaudi, als er nach Unterrichtsschluss sein Fahrrad suchte und dieses, nur noch in Einzelteile zerlegt, vorfand. Wir standen hinter einem Mauervorsprung, von wo wir alles hören und beobachten konnten. Sogar ein Fluch kam über seine Lippen, den er aber später sehr bereute, da man von uns ein lautstarkes: „Hört! Hört!" vernahm. –

Ein Pfarrer, der fluchte, rief bei uns zur damaligen Zeit Staunen und Verwunderung hervor. Von Reue konnte deshalb keine Rede sein. Wir waren halt echte "Lausbuben"! –

Natürlich war es aber trotzdem Ehrensache, unsrem frustrierten Pfarrer das Rad wieder zusammenzubauen.

Ein anderes Mal war es der Klassenlehrer und der „bissige" Hausmeister, die daran glauben mussten.

Es war an einem wunderschönen Vorsommer-Nachmittag, als in der Pause ein Klassenkamerad, dessen Eltern in der Nähe der Schule eine Konditorei hatten, in das Klassenzimmer gestürmt kam. Freude-strahlend erzählte er uns, dass es heute bei ihnen das erste Speiseeis geben würde. Dazu leckte er sich genüsslich die Lippen. Fast alle rannten daraufhin in die Konditorei, ließen Schule, Schule sein und kauften sich ein Eis. In die Schule zurückgekehrt ließen wir uns das Eis dann so richtig schmecken. Einige taten dies sogar noch, als der Lehrer bereits im Klassenzimmer war. Dieser bekam, nachdem er vergebens aufgefordert hatte das Eis wegzulegen, einen solchen „Tobsuchtsan-fall", dass er das Eis eines Schülers aus dessen Hand riss und voller Wut an die Wand pfefferte.

Dies nahm einer unserer spitzbübischen Klassen-kammeraden zum Anlass, sich unbemerkt aus dem Zimmer zu schleichen und unsrem gar strengen Hausmeister zu melden, dass gerade „einer" aus der Klasse eine Eiswaffel an die Wand geworfen habe und die verlaufende Masse gerade riesige Flecken hinterlas-se. Als der Hausmeister dies hörte, eilte er mit riesigen Schritten und vor Zorn gerötetem Gesicht in unser Klassenzimmer, sah den „Schandfleck" an der Wand und schrie: „Wer war das?!" Es kam natürlich keine Antwort. Daraufhin schrie er noch mehr: „Wer war das?!"

Jetzt war *unsere* Zeit gekommen! – Auf das letzte: „Wer war das?!" deuteten wir grinsend auf unseren Klassenlehrer und machten dem tobenden Hausmeister still klar, dass dieser es gewesen sei. –

Die folgende Situation, wie Lehrer und Hausmeister sich schuldvoll und bereuend gegenüberstanden und sich immer wieder voreinander tief verbeugten, war so komisch, dass wir Schüler, trotz Angst vor Strafe, uns ausschütteten vor Lachen und kaum mehr aufhören konnten. –

Man denke aber bitte daran, dass in damaliger Zeit der Stock der Zuchtmeister war, den die Lehrer oft in Anspruch nahmen. Tatsächlich erhielten wir alle dann auch die entsprechende Abreibung, die man so schnell nicht vergessen kann. Aber unser Hinterteil hatten wir vorsorglich mit Kissen versehen, damit die Schläge, die wir über einen Stuhl gebeugt auf den Allerwertesten erhielten, etwas abgemildert wurden.

Ich erzähle diese beiden Beispiel am Anfang des Büchleins deshalb, damit man sehen kann, dass unser junges Leben bis dahin gänzlich normal verlief. Dies war auch so, bis zu meinem neunten Lebensjahr, als ich, zusammen mit meinen Eltern und meiner Schwester, den Beginn des zweiten Weltkrieges miterleben musste. –

Adolf Hitler, 1933 an die Macht gekommen, rief dann auch 1939 als Führer der so genannten „Großdeutschen Nation" zum Kampf auf, gegen alle Länder, die ihm im Wege standen. Alle Deutschen hatten ihm unbedingten Gehorsam zu leisten und mussten seinen Befehlen nachkommen. Das Deutsche Volk stand wohl oder übel zum großen Teil hinter ihm und glaubte seinen verheißungsvollen Worten einer großen Zukunft und an Deutschland als Weltmacht. Dass jegliche Diktatur mit ihrem herrschenden Diktator einmal ein böses Ende nehmen würde, glaubte damals fast noch niemand. Aber Adolf Hitler war der Garant dafür, dass dies einmal geschehen würde. –

DIE HITLERJUGEND

Zunächst kam zu diesem Zeitpunkt auf uns Kinder und Jugendliche wieder etwas Neues hinzu, nämlich die Verpflichtung zur Teilnahme an Hitlers Jugendorganisationen. War bis dahin die Teilnahme noch freiwillig, wurde sie nun zu einem unbedingten Muss. Das bedeutete, dass die zehn- bis vierzehnjährigen Jungen zum „Jungvolk" und die Mädchen zum „Jungmädelbund" mussten. Das Jungvolk war wiederum in Jungenschaft, Jungzug und Fähnlein zusammengefasst. Man hatte also mindestens zweimal die Woche bei einer bestimmten Hitlerjugendgruppe zu erscheinen, um dort zu lernen, was nach Hitlers Ansicht einen richtigen deutschen Jungen und ein richtiges deutsches Mädchen ausmachte. Die vierzehn- bis achtzehnjährigen Jungen kamen dann zur eigentlichen „Hitlerjugend" (HJ) und die Mädchen zum „Bund deutscher Mädchen" (BDM).

Ich muss ehrlich sagen, diese Treffen waren bis dahin für uns Jungen und Mädchen recht schön und interessant. –

Alle Gruppen hatten ihren eigenen Führer, der sie befehligte. Dabei ging es sehr oft militärisch zu. Man meldete sich auf dem „Exerzierplatz", der meist der Schulhof war, bei seinem entsprechenden Jungenschafts- oder Jungzugführer, mit allen militärischen Ehrenbezeugungen an. Dies sah folgendermaßen aus: Die Füße mit den Schuhen hinten zusammengeschlagen und mit rechtem gestreckt erhobenen Arm stramm stehen. Anschließend wurde exerziert: rechts, links, geradeaus und so weiter. –

Wehe, wenn einer „aus der Reihe tanzte", dann musste er strafexerzieren, was körperliche Anstrengung bis zur völligen Erschöpfung bedeuten konnte. Weitere Anforderungen, denen sich das Jungvolk oder die HJ gewachsen zeigen musste waren sportliche Disziplinen, wie wir sie auch heute kennen. Allerdings wurde in größerem Umfang und oft so lange trainiert, bis es an die Grenze des Möglichen ging. Vor allem aber bei den Planspielen im Wald, bei denen man sich beispielsweise geduckt, auf dem Bauch kriechend, dem vorgegebenen Ziel nähern musste, ohne dass man gesehen wurde. Sehr oft war das Ziel mehrere Kilometer entfernt, was die Sache noch schwieriger und immer wieder zur Unmöglichkeit machte.

Und wieder wehe!! Wenn man beim Anschleichen gesehen wurde, dann bekam man nicht eine gewöhnliche Strafe, sondern musste von vorne anfangen mit allen Bedingungen. Auch mussten wir zum im Wald gelegenen Schießstand gehen, um zu lernen immer mehr und besser mit dem Gewehr umzugehen.

Bald merkten wir, dass dies kein Spiel mehr war, es war ein Druck, der an uns haften blieb. –

Weiter lernten wir bei den so genannten „Schanzarbeiten" Schützengräben auszuheben, ohne dass diese zusammenfielen und so vor den Blicken des Gegners und vor allem vor dessen Gewehrgaben Schutz boten. Wenn wir damals schon gewusst hätten, was dieses „spielerische Tun" einmal für Auswirkungen haben sollte, wir wären bestimmt weinend nach Hause gelaufen. –

Sehr beliebt war für uns allerdings die so genannte „Schnitzeljagd", bei der sich ebenfalls zwei Gruppen im Wald miteinander messen sollten. Die eine Gruppe musste sich zwanzig Minuten vor der anderen Gruppe an einem bestimmten Ziel verstecken, wobei sie aber vorher auf dem Weg Zeichen errichten sollte, die der zweiten Gruppe die Richtung zeigen würden. Natürlich blieb die suchende Gruppe vor Irrwegen, wo plötzlich der Pfad endete, selten verschont. Und da ein Zeitlimit eingebaut war, wurde die suchende Gruppe oft zum Verlierer.

Ansonsten wurde in der Gruppe alles geübt, was man später auch als Soldat können musste. Dabei wurde auf nichts und niemand Rücksicht genommen. Besonders die Kletterwand, die jeder zu bezwingen hatte, stellte eine schwierige Herausforderung dar.

Durch besondere Auszeichnungen wurde ich mit zehn Jahren relativ schnell zum Jungenschaftsführer und später mit zwölf zum Jungzugführer befördert. Dies hat wirklich Spaß gemacht, eine kleine Gruppe zu führen. Auch die Kleidung die man erhielt war Respekt einflössend: Eine schwarze Hose, Braunhemd mit Achselklappe, Koppelschloss, und als Kennzeichen der Führungsposition eine entsprechende Führungskordel, die sichtbar an einem Knopf an der Achsel bis zu einem Knopf am Braunhemd hing. Man glaubte dadurch, auch von den Erwachsenen besonders geachtet zu werden, und ein gewisser Stolz darüber war nicht zu übersehen. Wir merkten damals leider alle nicht, dass wir bereits wie Marionetten in eine bestimmte Schablone hineingepresst und hin und her geschoben wurden.

Doch gingen uns bald die Augen auf, denn das Kriegsgeschehen wurde von Tag zu Tag an allen Fronten immer stärker; ja es wurde immer bitterer gekämpft.

Viele der Väter und Söhne fielen diesen Kämpfen zum Opfer und manch andere kamen nach Kriegsende nicht mehr nach Hause und werden bis zum heutigen Tag vermisst.

Auch wir in der Heimat bekamen von diesem schrecklichen Krieg immer mehr mit. Vor allem, wenn Bombenhagel über unserer geliebte Stadt hernieder gingen und viele Freunde und Bekannte mit in den Tod rissen.

Auch mein Elternhaus wurde bei einem dieser Angriffe sehr stark beschädigt. Da wir niemand hatten, bei dem wir unterkommen konnten, mussten wir schauen, dass wir wenigstens eine Notunterkunft in den Haustrümmern errichten konnten. Tag und Nacht hatte man keine Ruhe mehr. –

Ja, bei Tag und blauem Himmel waren sogar die Flugzeuge zu sehen, die ihre Bombenlast bei sich am Rumpf hängen hatten und nach und nach die einzelnen Bomben auslösten und zur Erde schickten. Was war das für ein schlimmes Gefühl, dies alles vor Augen zu haben und zu wissen, welch verheerende Auswirkungen jede einzelne Bombe auslösen würde. Angst wurde Tag und Nacht zum ständigen Begleiter. Gar unbeschadet in die Schule gekommen zu sein, war schon ein kleines Wunder. –

„UNARISCHE" TRAUBEN

Die Vorgeschichte zum eigentlichen Kriegsgeschehen hatte schon seine Irrungen und Verwirrungen. –

So hatten Hitlers Gefolgsmänner den ernannten Ortsgruppenleitern die Anweisung gegeben, alle „amerikanischen" Traubenreben entfernen zu lassen. Auch wir hatten eine solche Rebsorte als Spalier vor unserem Haus. Warum sie eigentlich „amerikanische Rebsorte" hieß, weiß ich bis heute nicht. Ich weiß nur, dass die reifen Trauben von dieser Sorte im Herbst immer ausgezeichnet schmeckten. Aber bald kam damals die Sturmabteilung (SA) Hitlers und rissen das ganze Rebenspalier samt den Wurzeln aus dem Boden. Man bedenke: Nur weil die Rebsorte „amerikanisch" sein sollte, musste sie entfernt werden.

Immer wieder wurden solche unverständlichen Regeln erfunden, auf deren Nichteinhaltung harte Strafen standen.

So auch in der Schule, wo, wie schon erwähnt, der Rohrstock zum Zuchtmeister wurde. Ein kleines Beispiel dazu, ich gehe in der Zeitrechnung wieder etwas zurück:

Ich war damals der einzige Junge der nach der vierten Volksschulklasse, 1937 ins Gymnasium wechselte. Als das unser Mathematiklehrer, der gleichzeitig auch der Rektor der Volksschule war erfuhr, gab er mir so schwere mündliche Rechenaufgaben, dass ich sie unmöglich alle lösen konnte. Grund dafür war wohl die

Verärgerung darüber, dass ich als einziger „seine"
Schule verließ. Nach jeder ungelösten Aufgabe schlug
mich der Lehrer mit dem Rohrstock auf den ganzen
Körper, wohin er auch traf. Als Folge konnte ich am
nächsten Tag bei der Aufnahmeprüfung im Gymnasium, die damals noch stattfand, vor Schmerzen kaum
einen Arm heben. Auch das Schreiben fiel mir sehr
schwer und so war es Glück, dass ich die Prüfung
überhaupt bestand.

Man wird erstaunt sein, dass meine Eltern sich da
nicht beschwerten. Aber dies war unmöglich geworden,
da sie gegen die Nazis eingestellt waren und somit
schon auf der „schwarzen Liste" standen.

Für uns Jungs gab es auch die Pflicht, in den Sommer-
ferien bei einem Bauern eine vierwöchige Erntehilfe
abzuleisten. Das war für manchen schwer, überhaupt
wenn er keinen Landwirt in seinem Bekanntenkreis
hatte. Dann wurde er nämlich gezwungen, besondere
Strafarbeiten auf sich zu nehmen. –

Aber auch die Mädchen hatte man zu jener Zeit nicht
vergessen. Für die Sechzehn- bis Achtzehnjährigen
erfand man das Pflichtjahr.

So mussten sie zu einer entsprechenden, oft kinder-
reichen Familie (natürlich Parteigenossen), um dort
praktisch den ganzen Haushalt zu führen. Da sie dazu
kaum Geld bekamen, waren sie stets eine billige
Arbeitskraft. Hatten sie das Pflichtjahr, das oft in
Wirklichkeit längere Zeit dauerte, beendet, wurden sie
zum Arbeitsdienst geschickt. Sie wurden dort militärisch ausgebildet und mussten auch sonst sehr schwer
arbeiten. –

DER SCHULWEG

Wie schon erwähnt, hatte ich die Aufnahmeprüfung ins Gymnasium geschafft. Meine Schule war damals das Kant-Gymnasium in Karlsruhe. Bis dorthin waren es von meinem Elternhaus aus circa sechs Kilometer, die ich jeden Tag mit dem Fahrrad zu bewältigen hatte.

An diesem Weg zur Schule lag zu Kriegszeiten eine Flakstellung, deren große Geschütze zum Himmel ragten. Man muss dazu wissen, dass „Flak" die Abkürzung für die riesigen Flugabwehrkanonen war. In die oben genannte Flakstellung musste ich mich öfter flüchten, wenn englische oder amerikanische Flugzeuge über mir hinweg zogen. Wurde ein fremdes Flugzeug gesichtet, schickten die Flaksoldaten ihre schwere Geschützmunition zielgerichtet auf das Flugzeug. Was war das für ein fürchterlicher Krach, wenn diese großen Geschütze ihre Munition in den Himmel schickten. Hatten sie das Flugzeug getroffen und man sah, wie es abstürzte, hörte man aus vielen Stimmen ein umjubeltes „Hurra" rufen. – Mir selbst war es, wenn ich gerade dabei war, gar nicht wohl zu Mute, da ich sofort daran denken musste, wie die Menschen, die jetzt beim Flugzeugabsturz zu Tode kamen, von ihren Angehörigen vermisst würden. Ähnliches konnte man auch bei Nacht zu Hause beobachten. Die gespenstisch anmutenden Scheinwerfer suchten den Himmel ab und wenn sie ein Flugzeug in ihrem hellen Lichtstrahl

„gefangen" hatten, konnten die deutschen Soldaten es ohne Mühe abschießen. Hierbei wurde es mir oft speiübel. Mein Mitleid mit den Opfern war eben sehr, sehr groß.

Wenn ich bei Tag einmal wieder in der Flakstellung Unterschlupf gesucht hatte, kam ich deshalb nachher ganz nachdenklich und verstört zur Schule. Dort angekommen meldeten aber oft schon wieder die Sirenen Luftalarm, worauf wir alle sofort den Schulkeller aufsuchen mussten, der zum Schutz gegen Bomben und Bombensplitter ausgebaut war. Ob er das halten würde, was man sich von ihm versprach, das war wieder eine andere Sache! –

Stundenlang saßen wir oft da unten und harrten ängstlich der Dinge, die auf uns zukamen.

Bei einem dieser Angriffe durfte ein guter Klassenkamerad von mir, der in der Nähe der Schule wohnte nach Hause gehen, um dort Schutz zu suchen. Schnell und froh rannte er in das vermeintlich sichere Elternhaus. Doch es ist mir auch heute noch unfassbar, wie grausam das Schicksal sein kann. – Ausgerechnet sein Haus wurde von einer Sprengbombe getroffen, und er und seine Familie starben in den Flammen.

Aber den wirklichen Höhepunkt dieses fürchterlichen Krieges sollte ich erst immer noch zu spüren bekommen. –

VERFOLGUNGEN

Eines anderen Morgens im Jahre 1943, wieder auf dem Weg zur Schule, sah ich mit großem Schrecken die Brutalität einiger SS- und SA-Männer. SS war die Abkürzung für Schutzstaffel, SA für die Sturmabteilung. Diese Organisationen setzten sich aus besonders zuverlässigen Nationalsozialisten zusammen, die ihrem Führer Adolf Hitler völlig ergeben waren.

Gerade solche SS- und SA-Männer schlugen an diesem Morgen, an einigen Häusern Fensterscheiben ein und schleppten Menschen, an den Haaren ziehend, zu einem bereitstehenden Lastwagen und warfen sie in den Wagen hinein. Anschließend fuhren sie mit dem Menschen beladenen Lastwagen davon. War das eben erlebte ein grausamer Anblick gewesen und ich fragte mich: „Warum tun die das?!" – In der Schule mussten wir uns immer wieder anhören, dass es sich bei den misshandelten Menschen um Juden handelte, die ja eine „nichtarische Rasse" seien und deshalb ganz einfach abgeschoben werden müssten. „Nichtarisch" hieß bei den Nationalsozialisten (Nazis) unwürdiges oder unwertes Leben. Wie sollte das aber einer von uns kapieren, die wir ja auch gar nicht wussten, wohin man diese Leute überhaupt brachte. Dass sie in ein Lager kamen, das man als Konzentrationslager (KZ) bezeichnete, sollte ich erst später am eigenen Leib erfahren. –

Das Vorgeschilderte mit seinen massiven gewalttätigen Einschreitungen gegen Juden hatte bereits vom neunten auf zehnten November 1938 seine Vorgeschichte. Diese so genannte „Reichskristallnacht" war der Beginn der allgemeinen abscheulichen Judenverfolgung, die im laufe der Zeit durch die Nazis immer stärker vorangetrieben wurde. Die Lage spitzte sich soweit zu, dass sich Juden und deren Angehörige kaum mehr auf deutschen Straßen und öffentlichen Plätzen sehen lassen konnten. Wenn sie sich versteckten, wurden sie meistens verraten, von der geheimen Staatspolizei (Gestapo) auch ausfindig gemacht und durch die SS ebenfalls in ein KZ gebracht. –

In jener Zeit war es auch, dass ich einen etwa gleichaltrigen Freund hatte, der zu den Sinti gehörte. Sinti wurden im Dritten Reich aber nur abschätzig „Zigeuner" genannt. Er wohnte außerhalb unserer Ortschaft mit seinem Opa in einem Eisenbahnwagen. Wir verstanden uns sehr gut und freuten uns immer, wenn wir zusammen sein konnten. Allerdings wussten wir nichts damit anzufangen, dass „Zigeuner" damals zur „nichtarischen" Bevölkerung gehörten, und deshalb wie die Juden unter Verfolgung leiden mussten. Aber wir waren einfach auch noch zu jung, um das alles begreifen zu können und verdrängten die Gedanken daran so gut wie möglich. – Umso schlimmer war es, als ich meinen Freund eines Tages einmal wieder zum Spielen abholen wollte, und ich plötzlich nur noch vor einem abgebrannten Trümmerhaufen stand. Nazis hatten den Eisenbahnwagen abgefackelt und meinen Freund und seinen Opa wohl in ein geschlossenes Lager gebracht. Ich sah ihn leider nie mehr. –

VERHÄNGNISVOLLER MUT

Eines anderen Morgens kam unser Professor, den wir im Gymnasium in Geschichte hatten, zu unser aller Erstaunen diesmal mit der Bibel unter dem Arm in das Klassenzimmer. Wir wunderten uns deshalb so sehr, denn Herr H. war ein überzeugter Nationalsozialist, der immer voller Stolz an jeder Jacke das Abzeichen der Partei trug.

Er war also ein großer Anhänger Adolf Hitlers und dessen Genossen und hatte natürlich so mit der Kirche, dem Gottes- oder christlichen Glauben und erst recht mit der Bibel nichts zu tun. Im Gegenteil, diese Leute verfolgten nicht nur die Juden oder die politisch Andersdenkenden, nein! Sie hatten in ihrem Macht-wahn auch etwas gegen alle Christen und vor allem gegen diejenigen, welche regelmäßig den Gottesdienst besuchten.

So hielten die Nazis die Christen, bevor sie die Kirche oder den Gottesdienstraum erreichten, oft auf. Dann drückte sie ihnen Sammellisten, beispielsweise für das Winterhilfswerk in die Hand, und so wurden die Christen gezwungen, während des Gottesdienstes von Haus zu Haus zu gehen um Geld zu sammeln. So sah eben schon Diktatur aus, die im Kleinen begann.

Und nun kam gerade dieser Lehrer mit der Bibel in unser Klassenzimmer, wo wir uns alle wie immer versammelt hatten. Welch Erstaunen unsererseits!! – Aber wir brauchten nicht lange auf des Rätsels Lösung zu warten. Unser Professor hob mit irrer Geste die Bibel hoch in die Luft und fragte: „Was ist das für ein Buch?!" Wir hätten es ihm ja gleich sagen können, aber ich muss dazu mitteilen, wir hatten ganz einfach Angst. Schließlich fuhr er selbst fort, dass er heute dieses „Lästerbuch", das man auch Bibel nennt, einmal mit in den Unterricht gebracht habe, um aufzuzeigen, welch verlogenes und schädigendes Buch dies sei. Er fing dann an so grässlich auf die Bibel zu spotten und sie auf seine Weise zum Teil so geringschätzig auszulegen, dass einem Hören und Sehen verging.

Ein Beispiel dazu: Herr Professor H. erzählte sehr höhnisch die Geschichte von Adam und Eva im Paradies und deren Sündenfall. Er zitierte: Und Gott der Herr rief Adam und sprach zu ihm: „Wo bist du??" Und Adam sprach: „Ich hörte dich im Garten und fürchtete mich; denn ich bin nackt, darum versteckte ich mich." –

Dies nahm der Lehrer zum Anlass mit Hohngelächter zu sagen: „Gott sieht doch angeblich alles, warum hat er dann Adam nicht gesehen?" Er fuhr fort: „Seht, schon hier widerspricht die Bibel, dieses Hurenbuch, sich selbst."–

Wir hätten ihm ja jetzt schon antworten können: „Die Bibel widerspricht sich hier doch nicht; natürlich sieht Gott Adam und weiß wo er steckt. Aber er möchte sehen, ob Adam sich freiwillig seinem Vergehen stellt, das er begangen hatte, nämlich Gottes Gebot übertreten zu haben!" Wir hatten damals aber schreckliche Angst und schwiegen. In dieser Art, folgten noch viele Zitate der Bibel mit entsprechendem Kommentar des Professors. Er verhöhnte die Bibel immer mehr, ja vielleicht spornten ihn unsere betroffenen Gesichter noch mehr dazu an.

Ich wuchs, wie kurz schon erwähnt, in einem christlichen Elternhaus auf, in dem zwar auch viel über Glaubensdinge gesprochen und diskutiert wurde, das aber auf keinen Fall übertrieben religiös war. –

Aber was nun unser Geschichtslehrer da von sich gab, spottete jeder Beschreibung und war jetzt einfach zu viel, so dass ich es nicht mehr mit anhören konnte. Ich fasste mir also ein Herz, nahm das Geschichtsbuch aus meiner Schulmappe und begann darin zu lesen. Genau das sah unser Professor sofort! Er kam ganz schnell zu mir gerannt und schrie voller Wut: „Was tust du da?!" Ich antwortete darauf: „Herr Professor ich tue *das*, was wir in dieser Stunde tun sollten, ich lerne Geschichte!" Für die damalige Zeit, obwohl es die Wahrheit war, hörte sich das für ihn anmaßend und frech an. Und das war nun ihm zu viel. Er klebte mir zwei, eine rechts und eine links, aber so kräftig, dass ich nachher wie ein rotbackiger Apfel aussah. Drei meiner Klassenkammeraden standen nun sofort auf und versuchten ihm klar zu machen, dass ich doch eigentlich Recht hatte. Bei soviel Courage blieb ihm fast der Atem weg und schon rannte er, so gut es noch ging, zur Tür hinaus. Alle wussten, jetzt würde bestimmt etwas entsprechend Schlimmes auf uns und besonders mich zukommen. –

DIE FESTNAHME

Das eben geschilderte Geschehen spielte sich montags im März 1944 ab. Am darauf folgenden Mittwochmorgen klopfte es gegen 11 Uhr plötzlich laut an die Schultür und zwei SS-Männer in „Totenkopfuniform" kamen ins Zimmer. Sie erklärten unserem Klassenlehrer, den wir gerade im Unterricht hatten, dass sie drei „Stellungsbefehle" hätten und eine Festnahme. Uns war mit großem Schrecken sofort klar, um welche Schüler es sich dabei handelte. Die drei Schüler mit den so genannten Stellungsbefehlen waren jene Klassenkammeraden, welche sich montags in dieser ominösen Geschichtsstunde für mich eingesetzt hatten. Sie mussten nachmittags mit dreitägiger Verpflegung, am Bahnhof sein. –

Der andere Schüler war natürlich ich! Mich nahmen die SS-Männer gleich mit, brachten mich auf die Wache, und später ebenfalls zum Bahnhof. Dort sah ich dann auch wieder meine drei Klassenkameraden, die in einem Wagenabteil saßen. Ich selbst wurde mit zwölf anderen Jugendlichen in einem Vieh-Waggon eingeschlossen, und sogar extra bewacht. Ohne Möglichkeit mich bei meinen Eltern zu melden, oder mich von ihnen zu verabschieden, kauerte ich in dem Waggon und harrte der Dinge, die da noch auf mich zukommen sollten. –

DIE FAHRT

Bald ging die Fahrt, und jetzt wussten wir es, nach Frankreich los. Der Zug hielt alle paar Kilometer, da man im Voraus die Gleise nach Sprengstoff absuchte. Da im ganzen Zug die Toiletten abgeschlossen waren, rannten fünfzehn Jugendliche aus dem Zug zu einem in der Nähe gelegenen Wäldchen, um ihre dringende Notdurft zu verrichten. Plötzlich eröffneten aus einem am Rande stehenden Kastanienbaum Partisanen, die sich dort versteckt hatten, auf die ahnungslosen Schüler ein tödliches Gewehrfeuer. Keiner der dort weilenden Kameraden kam je wieder zurück. –

Hier muss ich kurz einhalten, um zu erklären, was überhaupt Partisanen sind: Es sind bewaffnete Widerstandskämpfer hinter und zwischen den feindlichen Fronten, die nicht zu erkennen sind, da sie Zivilkleidung tragen. Ganz besondere Bedeutung hatte ihr Auftreten im Zweiten Weltkrieg, als bewaffnete Zivilisten gegen die deutsche Besatzungsmacht kämpften.

Was dort unter dem Kastanienbaum durch die Partisanen geschah, war bereits wieder ein großer Schock für uns. Wie auf Kommando wurde es ganz still in unserem Waggon und alle falteten ihre Hände, beteten und legten das, was uns bewegte in die Hände Gottes. –

DIE UNMENSCHLICHKEIT
DES LAGERLEBENS

Nun fuhr der Zug weiter durchs Elsass bis zur französischen Grenze. In dem Ort Schirmeck, das im Donongebirge lag, wurde ich mit den anderen zwölf Jugendlichen aus unserem „Viehwaggon" geholt. –

Wir mussten dann zu zweit neben- und hintereinander antreten und zuerst militärische Übungen ausführen und im Kreis eine beachtliche Zeit herummarschieren. Danach ging es eine Landstraße entlang, bis wir zu einem größeren Lager kamen. Dieses Lager war ein KZ wie wir bald erfuhren. Es war von einem Elektrozaun umspannt und ein toter, völlig abgemagerter Mann hing in diesem Zaun. Wahrscheinlich hatte er seinem Leben selbst ein Ende gesetzt, weil er die unmenschlichen Gräueltaten, die dort an der Tagesordnung waren, nicht mehr ertragen konnte. Und gleich vernahmen wir, wie noch so oft in der Zukunft, die höhnische Stimme unseres Aufsehers, der uns stramm stehen ließ und sagte: „Wenn ihr nicht spurt und weiter Volksverhetzung treibt, kann es euch genauso oder ähnlich ergehen!" Darauf lachte er wieder besonders spöttisch aus vollem Hals.

Jetzt wussten wir auch, was man uns offiziell vorwarf: „Volksverhetzung"! Ach, wie oft mussten wir in Zukunft noch solche furchtbaren Drohungen hören. –

Nun wurden wir als Gefangene ins Lager geführt, wo ein SS-Mann uns übernahm. Wir wurden an mehreren

Holzhäusern vorbeigeführt, die keine Scheiben, sondern nur Fensterrahmen hatten. In diesen Holzhäusern waren viele, viele Menschen untergebracht.

Es war wirklich eine so große Anzahl, dass einige zu diesen Fenstern ohne Scheiben direkt mit dem Oberkörper heraushingen, nur um ein bisschen Platz und etwas mehr frische Luft zu ergattern. Das war schon wieder ein angsterregender Anblick! Wir selbst kamen schließlich in ein größeres Holzhaus und wurden in einen speisesaalähnlichen Raum gebracht, in dem wir vor festgenagelten Tischen auf ebenfalls festgenagelten Holzbänken Platz nehmen durften. Wir freuten uns eigentlich über diesen Raum, denn die Hoffnung nun etwas Kräftiges zu essen zu bekommen, wuchs in uns. Dass dieses Essen von nun an fast immer nur Wassersuppe mit einem Stück Brot dazu war, konnten wir zu diesem Zeitpunkt ja noch nicht wissen.

Aber gleich erahnten wir es. Eine jüdische Frau hatte kleine Blechnäpfe, worin die Wassersuppe war, auf einem größeren Tablett stehen, um sie uns zu bringen. Als sie die Tür hereinkam, an der ein SS-Mann stand, streckte dieser schnell seinen Fuß aus, so dass die arme Frau selbstverständlich stürzen musste. Die Suppe verteilte sich auf dem Holzboden und der gemeine SS-Mann schlug ihr gar noch den Gewehrkolben seines Gewehres in die Seite, als sei sie selber daran schuld gewesen. Sie schrie jämmerlich auf und blieb zusammengekrümmt auf dem Boden liegen. Bei dieser von nahem miterlebten Ungerechtigkeit, konnten wir schon wieder nicht ruhig sein. Wütend pfiffen wir durch die Finger und schlugen die Blechnäpfe auf die Tische. Was gab das für ein Krach! – Schon jetzt war uns klar, dass dies wiederum böse Folgen haben würde. Und so war es auch! Wir mussten die ganze Nacht vor einem Holzhaus auf dem nackten Erdboden verbringen und durften als weitere Strafmaßnahme noch nicht einmal mehr austreten. Dass wir solch eine menschenunwürdige Strafe erhielten, war übrigens noch öfters der Fall. –

Ein anderes Mal musste ich ganz allein große Wackersteine, die auf dem Lagerhof in einer Ecke lagen, circa 100 Meter weit mit bloßen Händen wegtragen, und als ich sie endlich dort hatte, musste ich sie wieder genau an den Platz zurücktragen, woher ich sie vorher genommen hatte. Dies war natürlich eine extra für mich ausgedachte Schikane, die mich endlich „klein" kriegen sollte.

Bei so einer Schikane passierte etwas, das ich auch mein Leben lang nie vergessen werde, weswegen ich sogar immer noch mit Selbstvorwürfen bis heute geplagt bin.

Das war folgendermaßen: Eine am Kopf vollständig kahlgeschorene jüdische Frau kam bei mir entlang und ein etwa vierjähriges Kind, das gerade vorbei rannte, erkannte in dieser Frau seine eigene Mutter wieder. – Man muss dazu wissen, dass Frauen, Männer und Kinder voneinander getrennt in einzelnen Holzhütten lebten. – Das Zusammentreffen von Mutter und Kind auf dem Lagerhof war direkt ein Wunder und ein umso freudigeres Wiedersehen. Die Mutter herzte und küsste ihr Kind, und die Freude dieses unverhofften Wiedersehens war wohl auch mir ins Gesicht geschrieben.

Dies, so glaube ich heute, sah mein wachhabender Aufseher mir an. – Er rannte zu der Frau, entriss ihr das Kind, nahm es an den Füßen und wirbelte es im Kreis herum. Darauf warf er es mit teuflischem Lachen so fest an eine Wand, dass das Kind sofort tot war. Die

Mutter war wie erstarrt und mir war es zum Umfallen schlecht. – Hatte gar mein freudiger Gesichtsausdruck vorhin den Aufseher zu solch grausamer Tat animiert??!! – Diese Frage geht mir tatsächlich sogar heute noch nicht aus dem Sinn. Die Mutter wurde weinend abgeführt, und ich musste meine Wackersteine weiterschleppen. –

Dazu möchte ich hier nochmals zum Ausdruck bringen, dass täglich viele Menschen ins Lager gebracht wurden und von der SS sofort aussortiert und voneinander getrennt wurden. –

Also: Männer von Frauen, Kinder von den Eltern, ältere Menschen von den Jüngeren. Dabei wurden die jüngeren und kräftigeren Männer wegen ihrer besseren Kondition nochmals ausgesondert und kamen in ein entsprechendes Extraholzhaus: Dies heißt aber bei Leibe nicht, dass sie es auch besser als die anderen gehabt hätten. –

Was waren das für Dramen, die sich da abspielten, wenn Familien auseinander gerissen wurden. Vor allem die Kinder von ihren Müttern und Vätern, die sie vielleicht nie mehr sehen würden und meistens auch nicht mehr sahen.

Zur Einkleidung: Im Lager selbst wurden graue Anzüge oder Kleider getragen, die gleich die Situation des unwerten Menschen aufzeigen sollten. Dazu wurden den Judenfrauen die Haare gänzlich abgeschnitten und der Kopf noch rasiert. Was war auch dies für die armen Frauen eine Ehrabschneidung! –

Im Lager selbst mussten alle, die irgendwie noch bei Kräften waren, Zwangsarbeit leisten. Diese war nicht immer zweckdienlich, wie beispielsweise Steine klopfen und neu herzurichten, oder Holzarbeiten, die man verwenden konnte. Nein, die Zwangsarbeiten waren oft nur Mittel zum Zweck und willkürlich auferlegt. So wurden beispielsweise extra Abfälle und Fäkalien auf den Boden geschüttet, die anschließend von den Inhaftierten aufgelesen und der Boden gereinigt werden musste.

Selbst die ganz alten Häftlinge wurden zur Zwangsarbeit herangezogen. Oft konnten sie nicht mehr und bekamen Hiebe oder ihr Gesicht wurde in die Fäkalien gestoßen, wieder und immer wieder!

Was man als Kinder- oder Jugendhäftling empfand, ich kann es hier nicht sagen und kann es auch nicht ausdrücken! –

Auch ich und meine zwölf Kameraden wurden dabei nicht vergessen. Irgendwie bekamen sie uns schon dran und man ließ uns Dinge machen, die ich hier auch nicht nennen möchte. – Selbst Steine klopfen, in der Regel eine sehr schwere und kräftezehrende Arbeit, lag da bei uns noch sehr hoch im Kurs.

Für ältere Insassen, die bei diesem kargen Speisezettel bis aufs Skelett abgemagert waren, war es kein Wunder, dass sie umfielen wie die Mücken. Sie wurden vor unseren Augen sofort erschossen und in den Massengräbern, die sie oft selbst ausgehoben hatten, ganz einfach verscharrt. –

Dies waren nur einige kleine Beispiele grenzenlosen Irrsinns damaliger Zeit. Viele weitere könnte ich folgen lassen, aber die seelische Belastung ist selbst heute noch zu groß für mich, um ohne jegliches Gefühl berichten zu können. –

So verbrachte ich, erst dreizehn Jahre alt, etwa ein halbes Jahr unter äußerstem Nervenstress mit allen Konsequenzen im KZ. –

Ich musste hilflos mit ansehen, wie Menschen, die nichts getan hatten, als sich gegen eine ungute Politik aufzulehnen oder ganz einfach wie die Juden nicht in das Menschenbild der Nazis passten, misshandelt wurden und zum größten Teil sterben mussten. –

EIN ERLEBNIS WIE IM TRAUM

Ein ganz besonderes, weil positives Erlebnis durfte ich tatsächlich auch im KZ erleben.

Vor den Grenzen des Elektrozauns, vor dem Zugang des Lagers, stand rechts ein größeres Steinhaus. Es diente der Verwaltung der Lagerleitung und hatte außer Bauräumen, Übernachtungszimmern noch einen größeren Veranstaltungs- und Wirtschaftsraum. In diesen Räumen tanzten und johlten abends die SS-Männer, die Aufseher, Offiziere und Soldaten, die sich dazu Mädchen aus den umliegenden Dörfern holten. Es war oft ein sehr „wüstes" feiern, das Benehmen der beteiligten löste dadurch auch oft Streit und danach Kummer aus. Ich kann dies deshalb so gut beschreiben, da ich fast jeden Abend dorthin beordert wurde um zu bedienen, aufzuräumen und zu putzen. Ab und zu gelang es mir, vor dem Haus etwas Luft schnappen zu können und so für kurze Zeit der Hölle im KZ zu entfliehen. –

So war es einmal auch, als ich draußen stand und am Himmel die vielen Sterne leuchten sah, die eine wunderbare Ruhe in mir hervorriefen. Da spürte ich plötzlich, wie eine kleinere Hand von hinten meine rechte Schulter berührte. Ich drehte mich schnell um und schaute in die nachtdunklen Augen eines etwa fünfzehnjährigen Mädchens. Sie lächelte mich an und hielt den rechten Zeigefinger vor den Mund was heißen sollte: „Sei bitte still!" An ihrer Kleidung konnte man sofort erkennen, dass es eine Französin war. Sie drückte mir lautlos eine Tüte in die Hand, deren Inhalt vor allem Süßigkeiten enthielt. – Für mich war das im wahrsten Sinne des Wortes eine Wundertüte! Denn so etwas vor sich zu sehen und das noch im KZ, das war wirklich ein Traum.

Aber auch so schnell, wie sie gekommen war, verschwand das Mädchen wieder in der Dunkelheit. Wahrscheinlich hatte sie Angst, gesehen zu werden, da dies auch für sie bestimmt böse Folgen gehabt hätte.

Auch ich musste ja schnellstens wieder ins Haus, denn vermissen durften die drinnen mich nicht. –

Am nächsten Morgen, als ich über den Lagerhof zu meiner Einsatzstelle ging horchte ich erstaunt auf, als ich plötzlich einen Kuckuck rufen hörte. Einmal, zweimal, vielleicht auch dreimal hintereinander. Ich schaute in die Richtung, woher der Ruf kam und schon wieder ertönte mehrmals dieser Kuckucksruf. Da fiel mir ein, dass ich diesen Ruf schon am Vorabend gehört und mich noch gewundert hatte, dass es hier einen Kuckuck gab.

Und schon sah ich sie, das Mädchen von gestern Abend, wie sie ihre zur Faust geballten Hände an ihre Lippen führte, durch das entstandene Loch wie bei einer Trompete blies und so den Kuckucksruf nachahmte. Sie winkte mir kurz zu und verschwand hinter einem Hügel, aber nicht ohne mir mit Handzeichen kundzutun, dass sie am Abend wieder schnell vor die Offiziersschenke kommen würde. Dies geschah auch so, und ab nun fast jeden Abend. Durchs Küchenfenster konnte ich sie sich anschleichen sehen;

und immer brachte sie mir etwas zu essen mit. Dies geschah etwa sechs Wochen lang, dann blieb sie plötzlich für immer fort. Ich kann nicht sagen warum, denn ich konnte ja nicht nach ihr forschen. – Aber *das* was dieses Mädchen getan hat, ist für mich so bedeutungsvoll geworden, dass es mit in der Wahl meines späteren Berufes eine große Rolle spielte. –

Auch später stellte ich noch Nachforschungen an, um sie ausfindig zu machen. Aber immer ohne Erfolg, weil ich ja noch nicht einmal ihren Vornamen wusste. Ich hätte doch zu gerne gewusst, warum sie dies alles getan hat und so viel Gefahren auf sich nahm. Für mich waren ihre Besuche mit der inhaltsreichen Tüte ja nicht nur deswegen von großem Interesse, dass ich mich endlich einmal wieder satt essen konnte. Wichtig war für mich der enorme Mut, den dieses Mädchen an den Tag legte. Durch ihre selbstlose Hilfe gewann nämlich auch ich neuen Lebensmut. Denn diesen hatte ich wegen der fürchterlichen Dinge die mir im KZ passierten, schon fast verloren. –

So muss ich dieses beeindruckende Erlebnis ganz einfach auch noch weitergeben, vor allem wegen des Dankes, den ich diesem Mädchen unbedingt schuldig bin. – Vielleicht bekommt sie, wenn sie noch am Leben ist, diese Zeilen einmal in die Hände und liest sie, vor allem auch wegen dieses Geschehens, an dem sie ja selbst beteiligt war. Dann rufe ich ihr mit bewegtem Herzen zu: „Danke!" – „Danke!" – „Danke!" –

GERECHTIGKEIT?

Nun hatte man mich wohl endlich so „klein"
gekriegt, dass ich im August 1944 zu der Jungvolkein-
heit durfte, die Schanzarbeiten verrichtete. Dort traf ich
meine drei Klassenkammeraden wieder, die in der
verhängnisvollen Geschichtsstunde zu mir gehalten
hatten.

Sie hatten mir gleich etwas zu berichten, was mich
auch ganz besonders aufwühlte. –

Unser Geschichtsprofessor H. hatte sich wohl
freiwillig gemeldet, die Jugendlichen, die zu den
Schanzarbeiten mussten, mit zu beaufsichtigen. So fuhr
er im gleichen Wagen mit meinen Kameraden ins
Donongebirge.

Auch hier erregte er gleich wieder Aufsehen, da er
durch seine extravagante Befehlsform seine Macht zur
Schau stellte. So soll er, wie ich danach erfuhr, wohl
gerade auf einen Schützengraben zugegangen sein, als
er eine Granate mitten ins Gesicht bekam. Sie
zerschmetterte den ganzen Kopf und was so dran ist.
Es muss ein ganz fürchterlicher Anblick gewesen sein.
Für mich war dies, der inzwischen schon so viel erlebt
hatte, nicht mehr so sehr der Augenblick des Erschre-
ckens, sondern des erneuten tiefen Nachdenkens. –

Hatte hier die Gerechtigkeit eine große Rolle gespielt
und jetzt obsiegt? War es möglich, dass dem Professor
heimgezahlt wurde, was er mir und uns angetan hatte?
Oder war es einfach nur Zufall? –

Man könnte jetzt wirklich hin und her diskutieren oder grübeln, ob ja oder nein?! Ob Gerechtigkeit oder Zufall ?! Aber ich glaube nicht, dass es uns zusteht, ein Urteil zu fällen oder uns gar als Richter zu erheben. –

FRANZÖSISCHE FREUNDE

Dazu möchte ich gleich noch etwas erzählen, das im Normalfall auch sehr ernst zu nehmen ist, aber für uns zur Freude wurde: Als ich einige Zeit bei meiner Schanzgruppe war, gerieten einige von uns in eine französische Soldatenfalle. Ich war natürlich auch dabei. Die französischen Soldaten waren sehr erstaunt, so junge Buben als Gefangene gemacht zu haben. Nach einer kurzen Beratung schnitten sie uns die Hosen ganz kurz ab und drückten uns ein riesiges Butterbrot und je einen Apfel in die Hand. Wie das schmeckte! – Wer kann sich das heute noch vorstellen, wie wir es empfanden? Ein junger „Mitgefangener" von uns biss so gierig in den wunderschönen Apfel, dass ihm ein Stück im Hals stecken blieb. Wir versuchten gemeinsam alles, ihn davon zu befreien, aber er röchelte immer mehr und der Apfelschnitz blieb stecken. Da wurde ein französischer Soldat, der sich in unserer Nähe aufhielt, auf uns aufmerksam.

Er kam schnell angerannt, stellte unseren fast erstickten Kameraden auf den Kopf und gab ihm einen ganz schönen Klaps auf sein Hinterteil. – Und siehe die Apfelscheibe flog in großem Bogen heraus, direkt in den Uniformausschnitt eines französischen Generals, der gerade hinzugekommen war. Da er nicht wusste, um was es hier ging und das kalte Utensil auf der Brust spürte, machte er vor Schreck solche Sprünge wie die Schafsböcke, die in der Nähe grasten.

Wir mussten jetzt, wegen der gelungenen Sprünge des Generals, so lachen, dass der General gar nicht anders konnte, als mitzulachen.

So erlebte man, Gott sei Dank, auch solche Dinge mit gutem Ausgang, die als schönes Andenken im Gedächtnis erhalten bleiben. –

Wir wurden nun mit unseren zu kurzen Hosen wieder zurück zu den Unsrigen gesandt, die natürlich über unser Aussehen gleich witzelten. Wir selbst aber waren dankbar und froh, dass es so viel Spaß gemacht hatte, einmal mit den gegnerischen Soldaten in direktem Kontakt gewesen zu sein. Wir haben uns auch tatsächlich so prächtig verstanden, die gegnerischen Truppen und wir, dass es mir damals schon klar wurde, dass nach diesem irrsinnigen Krieg ein partnerischer Austausch mit Frankreich und anderen Ländern zustande kommen musste, wo alle an einem Strang ziehen und keine Feindschaft mehr Platz hätte.

So ist es Gott sei Dank ja auch gekommen, und ich bin heute sehr dankbar dafür.

Möge uns das gegenseitige Handreichen alle Zeit zum ernsten und fröhlichen Miteinander animieren. –

EIN SCHWERER HEIMWEG

Nun zurück zu unsrer Schanzgruppe! –
Nach einiger Zeit dort wurde ich sehr krank. Meine
Nieren waren durch die unmenschlichen Lebensbedin-
gungen stark angegriffen. Zu meinem Glück fand ich
relativ schnell einen barmherzigen Aufseher, der großes
Mitleid mit mir hatte. Und da es keine Möglichkeit gab
mich in ein Krankenhaus zu bringen, gab mir dieser
Aufseher einen Passierschein nach Hause und stellte
mir als Begleitung gar noch meine drei Klassenkameraden zur Seite. Wie froh und glücklich waren wir, trotz
meiner schmerzenden Krankheit, dass wir nun ein
wenig Freiheit schnuppern durften. –

So machten wir uns fröhlich und mit großer Energie
auf, vom Donongebierge aus in Richtung Heimat. Da
wir uns nicht trauten in irgendein Haus zu gehen, um
nach etwas zu essen zu bitten, ernährten wir uns von
Wurzeln der Bäume und manchmal fanden wir auch
noch ein paar Waldbeeren.

Unter diesen Bedingungen war es allerdings auch sehr
schwer, die richtige Richtung zu finden und oftmals
ging es uns so, dass wir immer wieder im Kreis
herumliefen. Einen Kompass hatten wir ja leider auch
nicht zur Verfügung. Wie waren wir deshalb froh, nach
einigen Tagen auf Waldarbeiter zu treffen, die uns
vielleicht den rechten Weg zeigen könnten. Wir suchten
unser bestes Französisch zusammen, damit sie uns
wenigstens so einigermaßen verstehen könnten. Aber

bevor wir richtig fragen konnten, griff einer von ihnen schnell in den aufgesetzten Holzstapel vor sich, zog ein Gewehr heraus und ballerte auf uns los. Wir konnten uns gerade noch hinter dicke Bäume retten, sonst hätte er uns getroffen. Sofort wussten wir, dass es sich bei diesen Waldarbeitern um Partisanen, also Heckenschützen handelte, die auch auf einzelne deutsche Soldaten schossen, die sich bei dieser in Frankreich nun auflösenden Front ebenfalls schon auf dem Rückzug befanden. Leider wurden wir vier Kameraden bei dieser wilden Schießerei voneinander getrennt und mussten nun allein oder mit einem sich zurückorientierenden Soldaten versuchen den richtigen Weg zu finden. –

Da die Soldaten aber meist keinen Passierschein hatten, waren sie immer in Gefahr von deutschen SS-Männern aufgegriffen, und dann wegen so genannter „Fahnenflucht" sofort erschossen zu werden.

Ich selbst stieß nach weiteren Tagen und Nächten, die ich alle ausschließlich im Wald verbrachte, auf deutsche Fliegersoldaten, die gerade ihren provisorischen Flugplatz räumten und sich auch im Aufbruch befanden. Sie nahmen mich auf, und ich durfte mit ihnen in einem bereitgestellten Zug bis nach Straßburg fahren. Dies war ein echter Glücksfall!

Von Straßburg aus schlug ich mich dann, meistens per pedes, bis zu meine Heimatstadt Karlsruhe durch. Man kann sich leicht vorstellen, wie meine Eltern und Schwester, ja der ganze Stadtteil, in dem wir wohnten, sich freute, als ich heil zu Hause ankam. Ich war ja tatsächlich vorher bereits totgesagt! Was damals am Kastanienbaum geschehen war, hat man wohl auf uns alle bezogen. –

Gott sei dank kehrten auch meine drei Kameraden auf diese Weise „von den Toten" zurück. Wie auch ich hatten sie viele Irrwege hinter sich zu bringen. Aber alle kamen zumindest einigermaßen gesund zu Hause in Karlsruhe an. –

EIN WUNDER

Wer aber nun glaubt, dass ich alle Schrecknisse dieses fürchterlichen Krieges hinter mir hätte, leider nein!! –

Schon die erste Nacht zu Hause in meinem kuscheligen Bett war es mir nicht vergönnt, ruhig schlafen zu können. Es kamen Flieger und wir mussten geradezu in den Keller fliehen. Unser Haus wurde ausgebombt und so mussten wir schon während des Angriffes den Keller wegen zu starker Rauchentwicklung verlassen. Draußen an einem Wiesenhang, wurden Vater und ich von Mutter und Schwester etwa fünfzig Meter voneinander getrennt. Um uns herum explodierten Stab- und Phosphorbomben, so dass alles aussah, als wäre es ein riesiges Feuerwerk. Leider in der Tat eben nicht! Plötzlich hörten wir ein Pfeifen, welches das heranbrausen einer großen Fliegerbombe ankündigte. Schnell warfen wir uns auf den Boden am Hang, mein Vater legte fürsorglich den Arm um mich, und so erwarteten wir den Aufschlag dieser Sprengbombe und damit das Ende unseres Lebens. –

Uns stockte der Atem. Wir spürten den Aufschlag der Bombe am Erzittern der Erde, auch wie sie sich in die Erde über uns bohrte. Jetzt musste es geschehen!! –

Aber die Explosion erfolgte nicht. Oh, wie waren wir unserem Gott erneut dankbar für die Rettung!

Am nächsten Tag sahen wir, dass diese Sprengbombe nur einen Meter von uns entfernt eingeschlagen war.

Sofort informierten wir die Feuerwehr, die einen Sprengmeister schickte, der die Bombe sofort entschärfen sollte. Nach der Räumung eines größeren Gebietes tat er es auch. Danach erfuhren wir, dass es eine drei Meter große Bombe war, die alle Lebewesen in einem Raum von etwa hundert Metern mit in den Tod gerissen hätte. Gott hatte uns wirklich nochmals eine Lebenschance gegeben. –

Nun waren wir aber gezwungen, nachdem neunzig Prozent unseres Stadtteiles in Schutt und Asche lag, uns in unserem Keller so einzurichten, dass wir wenigstens einigermaßen leben konnten.

An Schulunterricht war natürlich die ganze Zeit über nicht zu denken, zudem auch das Gymnasium bis auf die Grundmauern abgebrannt war. Ich musste versuchen mich allein, oder mit Hilfe eines älteren Gymnasiallehrers, weiterzubilden. Aber oft konnten auch diese Stunden nicht stattfinden, da es jetzt auch bei Tag immer öfters Fliegeralarm gab, und wir gezwungen waren im Keller zu bleiben.

Was in dieser Zeit noch gravierender hinzukam, war die allgemeine Hungersnot. Man hatte kaum etwas zu essen und Mutter versuchte mit Mais und geraspelten Gelberüben eine Art Kuchen zu backen, der eben, aus der Not geboren, auch noch mundete. –

HAMSTERN

Vater und ich machten uns mit den Fahrrädern des Öfteren auf den Weg um „hamstern" zu gehen, so nannte man das damals. –

Wir versuchten also bei den Bauern auf dem Land alles nur Mögliche wie Textilien oder auch Zigaretten, die wir von Soldaten erhielten, gegen Kartoffeln, Fett und Gemüse zu tauschen. Das Hamstern war sehr mühsam, da man oft sehr weit fahren musste und an irgendeiner Ecke vielleicht deutsche Feldjäger standen, die einem wieder alles wegnahmen. Wie traurig ja wutentbrannt war man da. –

Auf einer solchen Nachhausefahrt verfolgten uns Flugzeuge, die man „Jäger" oder „Jabos" nannte. Diese schossen mit Maschinengewehren im Gleitflug nach unten auf bestimmte Ziele am Boden. Diesmal schienen wahrhaft wir das Ziel zu sein. Alle paar Meter mussten wir uns Panik erfüllt in den Straßengraben flüchten, um uns vor den Geschossen zu schützen. Direkt über uns schlugen diese in den Erdboden. Immer wenn die Jabos dann nach oben zogen, stürzten wir aus unserer Deckung hervor und fuhren so schnell wie möglich einige Meter weiter. Dann kamen sie aber auch schon wieder angerauscht. So ging es über fünfzehn Kilometer, bis wir endlich auf einem Acker ein Rübenloch sahen, worin wir uns mit letzter Kraft verkriechen konnten. Dieses Rübenloch rettete uns das

Leben, da man uns nun auch von oben nicht mehr sehen konnte.

So zogen die Jagdflugzeuge endlich ab, und wir konnten schnell nach Hause fahren. Wahrscheinlich hatten die beiden Piloten der Flugzeuge spielerische Freude gefunden, uns immer wieder aufzuscheuchen und in Panik zu versetzen. —

BOMBENNÄCHTE

So nahm das Kriegsgeschehen seinen weiteren Verlauf und auch die Bombennächte wurden immer stärker. In einer solchen Nacht mussten wir unsere Notunterkunft wegen starker Rauchentwicklung wieder einmal verlassen. Vater und ich versuchten zu löschen, was es noch zu löschen gab. Da sahen wir plötzlich, dass eine Stabbrandbombe im Holzrahmen einer notdürftig eingefassten Tür steckte. Ich holte schnell ein Beil, das wir im Keller immer bei uns hatten, und Vater versuchte die Bombe aus der schon brennenden Einschalung herauszuschlagen. Dabei sauste plötzlich diese Brandsatzbombe auf den Boden durch Vaters und meine Beine, die wir Gott sei dank gerade gespreizt hatten und explodierte auf der Seite hinter uns an einer Mauer.

Wir waren wie erstarrt, hatten aber im Augenblick den gleichen Gedanken. –

Wir sind vor Furchtbarem aufs Neue verschont und bewahrt worden, indem wir, ohne es zu merken, beide Beine gespreizt hatten, und die kleine Stabbombe gerade dort hindurchbrauste. Welch erneut nachdenkenswerter Augenblick! –

Ein weiteres schreckliches Erlebnis war auch dies, als zwei Jungen aus der Nachbarschaft mit eben solch einer Stabbrandbombe herumspielten, die auch noch nicht explodiert war. Die Jungen versuchten den Zünder der Bombe zu entschärfen, was ihnen natürlich nicht gelang. Die Bombe ging los, und beide mussten mit jämmerlichen Verbrennungen ins Krankenhaus gebracht werden, wo man sie aber nicht mehr retten konnte. –

Was jetzt auch noch häufig vorkam war, dass die ausländischen Flieger zur Erntezeit Brandblättchen auf die reifen Felder warfen, die sich dann bei Sonnenschein selbst entzündeten. Man kann sich leicht vorstellen, wie viele Felder abbrannten und tausende Zentner kostbarer Frucht dadurch zerstört wurden. –

GEWALTHERRSCHAFT

Sehr oft kamen damals auch deutsche Soldaten, die sich auf dem Rückzug befanden, nach Karlsruhe zur Einquartierung. Da unser Stadtteil fast nur noch aus Notunterkünften bestand, zelteten sie in der Schule oder auf dem Schulhof. Für uns Jungen war das alles natürlich sehr interessant und der Tagesablauf der Soldaten machte uns neugierig. Auf dem Sportplatz wurde unter anderem exerziert, was wir immer wieder beobachteten.

Ein junger Feldwebel, oder kurz „Spieß", wie diese genannt wurden, ließ einmal seine Gruppe etwa achtzig Meter lang „robben". Das heißt die Soldaten mussten mit vorgehaltenem Gewehr auf dem Bauch nach vorne kriechen. Allerdings konnte einer seiner Soldaten plötzlich einfach nicht mehr und blieb zwangsläufig einige Meter zurück. Der Feldwebel, der dies sah tadelte den erschöpften Soldaten sofort, worauf sich ein böser Streit zwischen den beiden entwickelte. Der Feldwebel konnte dabei den Widerspruch des Soldaten einfach nicht ertragen. Deshalb zog er schnell seine Pistole und erschoss seinen wehrlosen Widersacher ganz einfach.

Auch dies war wiederum ein furchtbares Erlebnis, das die damalige Gewaltherrschaft, auch Einzelner, widerspiegelt. –

Aber die Einquartierung der Soldaten hatte für uns auch etwas Gutes. Man bekam Vieles geschenkt, was man sonst nicht hatte. Vor allem gab es Süßwaren, die damals für uns Kinder ja etwas ganz Kostbares waren. Dazu bekam man für den täglichen Verbrauch „Komißbrot" und Essen aus der „Gulaschkanone" also der Feldküche. Dieses Essen schmeckte einfach herrlich und bereitete uns eine Freude, die man heute wohl kaum nachempfinden kann. –

DAS ENDE EINES GRAUSAMEN KRIEGES

Inzwischen war es Frühjahr 1945 geworden, die ausländischen Armeen standen vor der „Tür" und Deutschland hatte den Krieg verloren. Nichts wurde es mehr mit dem Einmarsch deutscher Truppen in England und anderen Ländern. Die Soldaten dagegen in Russland kamen vielfach zu Tode und erfroren bei tiefsten Temperaturen. Viele blieben auch in Gefangenschaft und wussten nicht, wann sie die Heimat oder ihr Zuhause je wieder sehen würden. –

Das „Großdeutsche Reich" war zum Armenreich geworden. –

**So musste es eigentlich kommen,
wenn man alles will, und nicht bereit ist, etwas zu geben und die Menschen in Frieden zu lassen. –**

**So musste es einfach kommen,
wenn Machtstreben und Egoismus in den Vordergrund gestellt werden. –**

**So musste es kommen,
wenn man noch nicht einmal davor zurückschreckt, Leben zu vernichten!**

NACHWORT

Nun habe ich über eine Zeit berichtet, die man in den Geschichtsbüchern oft nur „trocken" beschrieben findet. Einer meiner Klassenkammeraden und der Aufseher, der mir und meinen Kameraden die Heimreise ermöglichte, haben das in diesem Büchlein Geschilderte behördlich bezeugt und zu Protokoll gegeben. Dafür bin ich sehr dankbar und kann jetzt doch freier an die damalige Zeit denken und über sie sprechen. Leider ist der Aufseher inzwischen verstorben. Er hat sein mitunter auch kämpferisches und falsches Tun durch Amputation beider Beine büßen müssen. Aber er hat während seiner schweren Krankheit gewiss überdenken können, in was er sich da hineinkatapultieren ließ. Seiner Meinung nach führte er nur Befehle aus, die er von den Nationalsozialisten und der SS bekam. Er bereute zwar seine übertriebenen oft falschen Handlungen, aber immer noch in der Gewissheit, keine andere Wahl gehabt zu haben. –

Menschen waren sehr manipulierbar und fanden immer wieder am Machtstreben ihren Gefallen. –

Es gab aber auch Menschen, die sich damals ganz tief "duckten", um sich selbst so „klein" zu machen, wie sie es eigentlich gar nicht notwendig hatten. Dies war eben ein ängstliches Tun, um ja nicht negativ aufzufallen. Viele blieben einfach gänzlich im Hintergrund, zumal ihre Namen auf der „schwarzen Liste" aufkreuzten, was ihnen sehr oft zum Verhängnis werden konnte. Sie standen daher auch sehr im „Blickwinkel" der Nazis.

Ich denke dabei besonders an meinen Vater. Wie ich später erfuhr, hatte er sich für mich bei meiner Festnahme unendlich engagiert eingesetzt, alles gewagt und musste letzten Endes doch kapitulieren. –

Sehr gerne erinnere ich dagegen nochmals an unseren Abschied aus der „Gefangenschaft" der Franzosen. Wie warmherzig und freundlich, ja fast schon freundschaftlich wurden wir entlassen. Die Erinnerung an dieses denkwürdige Erlebnis genieße ich noch heute! Wurden hier doch Zeichen des Verstehens gesetzt, was in uns jungen Menschen nicht ohne Wirkung blieb. –

Aber auch das Böse, was wir erleben mussten, hat sich bei uns so festgesetzt, dass wir wohl noch lebenslang daran zu tragen haben. –

Wer noch heute glaubt, an der so genannten „Endlösung", also der allgemeinen Vernichtung der Juden zweifeln zu müssen, und das sind wahrhaft noch einige, der möge sich doch die Zeit nehmen und die Konzentrationslager, die immer noch als Mahnmale erhalten wurden, zu besichtigen. Ich hoffe, dass diese Zweifler durch meinen Tatsachenbericht überzeugt werden, dass Deutschland durch Adolf Hitler und natürlich durch die vielen „kleinen" Hitler zum totalen Untergang verdammt war. –

Zum Schluss möchte ich gerne noch sagen, dass mir die Berichte und kurzen Erzählungen in diesem Büchlein zu schreiben doch noch sehr schwer gefallen sind. Haben sie mich doch wieder mitten hineingeführt in eine Zeit, die ich lieber so nicht miterlebt hätte. Auch

heute werde ich nachts immer noch von bösen
Träumen heimgesucht, die mich schweißgebadet
aufschrecken lassen.

Außerdem möchte ich betonen, dass mir im KZ und
bei den Schanzarbeiten durch meine einstige
Führungsposition beim Jungvolk nichts, aber auch gar
nichts geschenkt wurde, oder mir gar irgendetwas
erspart geblieben wäre. Ganz im Gegenteil! –

Als der Krieg zu Ende war und die Fremdsoldaten
unseren Stadtteil und Karlsruhe völlig eingenommen
und besetzt hatten, mussten mein Vater und ich
zusammen mit vielen anderen zur Personalkontrolle in
die Grenadierkaserne in Karlsruhe zu den Besatzungs-
behörden und Soldaten kommen. Wir standen im
Kasernenhof und warteten, bis wir aufgerufen wurden.
Mein Vater durfte sehr schnell wieder gehen, nachdem
seine Akte keinerlei Nazi-Aktivitäten aufzeigten. Bei
mir jedoch lag schriftlich vor, dass ich mich beim
Jungvolk ausgezeichnet hätte. Dies nahmen die
Besatzer dann auch zum Anlass, mir einen Tritt auf den
Po zu geben und mich dadurch die Treppe vom ersten
Stock ins Erdgeschoss zu befördern. Ich tat mir zwar
nicht sonderlich weh, aber ein seelischer Knacks und
ein nicht verstehendes Kopfschütteln blieben doch
zurück. Ich konnte einfach nicht begreifen, dass ich im
„Dritten Reich" durch die Hölle musste und dann,
kurze Zeit danach, einen Fußtritt einstecken sollte, nur
weil ich in der Jungvolkzeit als Zwölfjähriger eine
winzig kleine Führungsposition innehatte. Es war
schon sehr schwer, vor allem als junger Mensch,
Gerechtigkeit und Ungerechtigkeit damals definieren zu
können. –

Heute stehe ich zum größten Teil, wenn ich an diese Zeit damals denke, über diesen Dingen und bin nur froh und dankbar, dass solch eine Zeit überstanden ist.

Und dennoch, trotz allem wird bei dem einen oder anderen schon heute die Frage entstehen, warum hat dieser Mann nach so vielen Jahren und dem längst schon Vergangenem und vielfach Vergessenem dies alles zu Papier gebracht?! –
   Will er sich vielleicht dadurch interessant machen oder gar bewundert werden? Hat er zu wenig Anerkennung und Lob erfahren? Ist ihm zu wenig dankend auf die Schulter geklopft worden? Möchte er eventuell ins richtige „Rampenlicht" gerückt werden, um berühmt zu sein? Vielleicht würde er sich auch gerne als so einen „kleinen Märtyrer" sehen, der gerade noch dem Teufel und dem Tod entsprungen ist? Oder will er vielleicht gar Kapital, wie auch immer, aus dieser ganzen Geschichte schlagen? – Fragen über Fragen könnten einem da in den Sinn kommen. Ja, so könnte es wirklich sein! –

Jetzt kommt meine Frage: „Meinen Sie, glaubt Ihr, ich würde solche Seelenqualen, die ich heute noch erdulden muss, so gerne in Kauf nehmen, nur um mich zu produzieren?!" Ein ganz ehrliches Nein! – Nein, ich möchte allen „Zweiflern" und auch denen die sich mit solchen Fragen herumschlagen müssen, ganz klar machen, dass es mir darum geht, welche Lehren ziehen wir, ziehe ich heute noch aus dem so schrecklich Geschehenem; und damit, was können wir tatsächlich tun, dass so etwas in der Zukunft nie mehr vorkommt und geschieht?! –

Ich habe Ihnen und uns allen eine Vorgabe gegeben dafür einzutreten, dass solch Vergangenes nicht einfach beiseite geschoben werden darf. Wie stellen wir es aber an? Wir dürfen all das Leid, das so viele Menschen erdulden mussten, niemals vergessen, –

Wir müssen darüber sprechen, darüber diskutieren, wenn es möglich ist unsere Meinung dazu äußern: Es darf so etwas nicht mehr geschehen! –

Äußere Warnzeichen sind ja schon sichtbar wie beispielsweise Arbeitslosigkeit, Rechtsradikalismus und Politikverdrossenheit um nur einige zu nennen. –

Sehen wir doch diese Zeichen und nehmen sie ernst und kritisch wahr und steuern dagegen! –

Bringen wir doch den Mut auf Sinnloses, wie es in unserer deutschen geschichtlichen Vergangenheit der Fall war, in Sinnvolles umzuwandeln, indem wir uns selbst, aus voller Überzeugung dagegen wenden, solche aufkommenden, friedensvernichtenden Tendenzen einfach hinzunehmen. –

„Tatmenschen" sollen wir werden, die nicht aufhören an das Gute zu denken und zu glauben, und vor allem die mithelfen gegen die „Hitler-Denkenden" anzugehen und in dieser Beziehung versuchen „Wachsendes" schon im Keime zu ersticken. –

Und wenn Sie alle mich jetzt nochmals fragen würden: „Warum haben Sie alles so geschrieben?" Ich würde antworten: „Erstens, weil Sie mein Vertrauen haben für friedvolles Leben einstehen zu wollen, und sich einzusetzen, dass solches Leid in Zukunft allen erspart bleiben möge." Und zweitens:

„Ich glaube an Sie!" –

Ich bitte die Politiker, alle Deutsche, ja, die gesamte Menschheit, diese unselige Zeit nicht zu vergessen und sie sich als Warnung immer wieder vor Augen zu halten, dass sie nicht umsonst gewesen sein darf. –

Bertold Scherer, Jahrgang 1930

ZUM AUTOR

Bertold Scherer wurde im April 1930 als zweites
Kind der Familie Adam Scherer in Mannheim geboren.
Sein Vater war Industriekaufmann und wurde 1933
nach Karlsruhe versetzt. Als Folge zog die Familie nach
Hagsfeld, einen Stadtteil Karlsruhes. Hier erlebte
Bertold Scherer ganz nahe die Tücken und Widrigkei-
ten des Zweiten Weltkrieges. Aus diesen Kindheitser-
lebnissen entstand dieses Büchlein.

Bertold Scherer war später als Diakon und Pfarrer in
der Jugend- und Gemeindearbeit tätig und trug in
verschiedenen Funktionen, auch im Schulbereich,
Mitverantwortung für Staat und Kirche.

AUS DEM FOTOALBUM DER GESCHICHTE

Vater und Sohn

Bertold im Alter
von acht Jahren